EL PETIMETRE

Ramón de la Cruz

PERSONAJES

DON SOPLADO.
DOÑA PLÁCIDA, *su hija.*
DON ZOILO, *abate.*
TARARIRA, *criado de DON SOPLADO.*
DON MÓNICO.
DON MODESTO.
UN LACAYO DEL MISMO.
DON SIMPLICIO, *barba.*
JUANA, *criada de DOÑA VERÓNICA.*
DOÑA VERÓNICA, *mujer de DON SIMPLICIO.*
UN MAJO.
DOÑA TECLA, *su hija.*
UN PELUQUERO.

El teatro representa la cámara de un caballero soltero, con unos taburetes, un tocador, una mesa con algunos libros y multitud de frasquitos, cajas, etc.

Salen TARARIRA y el LACAYO, uno con el vestido y un cepillo, y otro con las ligas, peinador, etc., que colocan sobre alguna otra mesa o silla.

TARARIRA   Dejemos eso, que ya
             parece que se levanta
             el amo.

LACAYO   Y aun sale aquí,
          si el oído no me engaña.

(Sale DON SOPLADO **en bata, despeinado o con cofia,
esperezándose.)**

DON
SOPLADO   ¿Ha venido el peluquero?

TARARIRA Más ha de dos horas largas
          que espera en el tocador.

DON
SOPLADO   ¿Qué tal está la mañana?

TARARIRA Como de otoño, y aun hoy
          está mucho más templada,
          porque hay tal cual nubecilla.

DON
SOPLADO   ¿Y qué hora es?

TARARIRA Las diez dadas.

DON   Oh, pues siendo tan temprano,
SOPLADO   hasta la hora de que salga
          quizá saldrá el sol. Prevenme
          el otro vestido de aguas
          y galones.

TARARIRA ¿Y si llueve?

DON   ¿Qué quieres que yo le haga?
SOPLADO   Estando en el entretiempo,
          ¿he de llevar paño o lana
          y que se rían de mí?

LACAYO   Otros le llevan.

DON
SOPLADO   Gentualla
           que sólo tiene un vestido
           o personas chabacanas,
           que los dogmas del buen gusto.
           no consultan o no alcanzan.

(Sale el PELUQUERO.)

PELUQUERO Señor, ¿vamos despachando?

DON   Estoy pronto, aunque hoy es vana
SOPLADO   vuestra queja, que no es tarde.
           Tararira, las toallas.

TARARIRA   Aquí están. ¿De cuál manteca?

DON   Ninguna; trae la pomada
SOPLADO   de jazmines.

TARARIRA   Está todo.

DON   Sólo ese libro me alcanza,
SOPLADO   diré entretanto el oficio.
           Este quede aquí y tú saca
           el vestido que te dije.

TARARIRA   Mientras se peina esta dama
             (Aparte.)
           bien puedo almorzar, oír misa
           con sermón y no hacer falta.
             (Vase.)

DON   Ro, ro, ro, ro, ro. Mirad
SOPLADO   (Como que reza entre dientes.)
           que ayer dicen que llevaba
           tres pelos más en un lado

y un canto de real de plata
más levantado ese bucle.
Ro, ro, ro, ro, ro. Con gracia
este tupé como ayer;
bien.

PELUQUERO ¿Lo aprobó alguna dama?

DON
SOPLADO Me dijo la marquesita,
y que no es mujer de chanzas,
que no había visto en su vida
cosa más bien acabada.
Ro, ro, ro, ro, ro. ¿Peinaste
ayer a doña Lisarda?

PELUQUERO No, señor; sólo la puse
la gran cofia.

DON
SOPLADO ¿Estaba mala?

PELUQUERO Yo no sé.

DON
SOPLADO Ro, ro, ro, ro.
Una cosa de importancia
tenía que preguntar
y no hay forma de acordarla.
Ro, ro, ro, ro. Justamente,
ya me acuerdo. ¿Doña Laura,
por qué os dejó?

PELUQUERO La dejé
yo, porque no me pagaba.

DON
SOPLADO Pues ¿cómo?

PELUQUERO Me hizo dejar
tres o cuatro parroquianas,

ofreciéndome millones
porque no la hiciese faltas
y después en año y medio
no la pude sacar blanca;
y aún me tiene por allá
cincuenta pesos.

DON
SOPLADO   Más alta
la atadura, porque vean
que son esmalte de Francia
los broches del corbatín
y se distinga la holanda
que vuelve del cabezón.

(Sale TARARIRA**.)**

TARARIRA   Esperando en la antesala
don Mónico y don Modesto
están, con don Zoilo Maza,
que ha tres días que llegó
de París.

DON
SOPLADO   ¡Fineza rara
es verme, sin aguardar
que a cumplimentarle vaya!

(Salen los tres con TARARIRA**. Se levanta y se abrazan.)**

DON
ZOILO   ¡Señor don Soplado!

DON SOPLADO	¡Amigos! Señor don Zoilo, no alcanza mi cariño qué razón hay para que desairada dejéis a mi urbanidad, anticipándoos con tanta brevedad. ¿Creéis que ignoro los ritos de la crianza y venís a reprenderla antes de poder culparla?
DON ZOILO	Al contrario; porque veáis que vivo en la confianza de nuestra antigua amistad, no he querido que os cansarais en ir, estando yo fuera.
DON SOPLADO	¡Eh! Los asuntos de tabla creed que no los ignoro.
DON MODESTO	No es una ciencia muy alta la de las visitas; pero sí creo que es la más ardua y difícil.
DON MÓNICO	Añadid a eso lo delicada.
DON SOPLADO	Es más de lo que parece.
DON MÓNICO	Ya sé; el hombre que alcanza a manejar en la corte las etiquetas con gracia sabe cuanto hay que saber.
DON ZOILO	Es la ciencia más abstracta al juicio de los humanos.

DON MODESTO	Y en la razón tan fundada, que ningún hombre de juicio penetra sus pataratas.
DON SOPLADO	Sillas para estos señores, Tararira.
DON ZOILO	¡Cosa rara es por cierto el apellido!
DON MODESTO	No tal; no es la más hidalga en la corte su familia, pero es la más dilatada.
DON SOPLADO	¡Todo lo habéis de notar! Así se le ha puesto en casa, por lo alegre que está siempre.
TARARIRA	Y porque a mi amo le agrada este nombre más que cuantos en el Calendario estampan.
PELUQUERO	Por Dios, señor, que ya es tarde.
DON ZOILO	Nuestra visita embaraza y más que estabais rezando.
LOS TRES	Adiós.
DON SOPLADO	No; que para nada me podéis dar sujeción vos, siendo de confianza, y el rezo ya está acabado. **(Tira el libro sobre la mesa.)**
PELUQUERO	¡Y con qué devoción! ¡Vaya, que edificará a cualquiera!
DON SOPLADO	Y cuando no se acabara, esto se hace el día que uno

se está por demás en casa
un rato. Vaya, los polvos;
y tú puedes traerme agua
para lavarme.
(Siéntanse.)

TARARIRA Está bien.
(Vase.)

DON MÓNICO Ausencia ha sido bien larga
la que habéis hecho, don Zoilo.

DON ZOILO Diez años y medio.

DON MÓNICO ¡Qué ansia
tendríais de volver!

DON ZOILO Por cierto
que en mi vida lo pensara
si hubieran mis asistencias
alcanzado a la bizarra
ostentación que es forzosa
en un extranjero que anda,
con privilegios de noble,
corriendo cortes extrañas.

(Sale TARARIRA.**)**

TARARIRA Aquí está el agua, señor.

DON MODESTO Poco os debía la patria,
señor don Zoilo.

DON ZOILO Tan poco,
que sólo pudo, en la rara

melancolía que tuve
desde que me vi en España,
aliviarme la amistad
de los finos camaradas.

DON MODESTO ¿Tan bien os han parecido
otras cortes?

DON ZOILO Cosa extraña
es que vos lo preguntéis,
habiendo corrido tantas.

DON MODESTO Confieso hallé en cada una
muchas cosas que ilustraran
mi entendimiento, mas no
que me apagasen la llama
del amor al patrio suelo.

DON ZOILO Pues yo traía ya echada
la cuenta de no pararme
en Madrid ni una semana;
pero en estos cuatro días
he observado que se halla
digno tal cual de que yo
le habite. Está adelantada,
en lo que cabe, la gente.
Ayer comí en una casa
y estuvo aquello mediano:
no hubo las extravagancias
de la sopa guarnecida,
ni lo de pichón por barba.
Había un lindo trinchero
de menestra, otro de pasta,
un fricasé, una compota
y una o dos pollas asadas,
que para quince de mesa

es comida muy sobrada.
Ya la amanece el buen gusto
en el mueblaje; las casas
se adornan de cornucopias,
en vez de petos y lanzas,
y ya ven los españoles
que el papel y las indianas,
para vestir las paredes,
les hacen muchas ventajas
a los cuadros de Velázquez,
Cano, Ribera, que llaman
el Españoleto, y otros
pintorcillos de esta laya.
Parece se ha propagado
el cultivo hasta las caras.
Aquel bruto desaliño
del cabello y de la barba,
que hacía nuestra nación
tan terrible a las contrarias,
ya dócil a beneficios
del jabón y las pomadas,
por donde quiera que vamos
van diciendo nuestras fachas
que somos gente de paz;
ya nadie al vernos se espanta,
pues yace oculto de miedo
el duelo o la patarata
de aquel honor que fundaron
en ser las doncellas castas,
muy religiosas las viudas,
recogidas las casadas,
los ancianos venerables,
los niños de cera blanda,

los hombres ingenuos y
muy hombres de su palabra.
Que porque me dijo mientes...,
porque me sopló la dama...
u otras tales bagatelas,
¿he de andar a cuchilladas?
¡Hubo entre nuestros antiguos
gentiles extravagancias!

DON
MODESTO   Gentiles serían; pero
ahora no son muy cristianas.

DON
SOPLADO   Aunque no hubiera en Madrid
otra cosa que esta masa
(Lavándose.)
para lavarse las manos,
debía ser celebrada
nuestra edad.

DON
MODESTO   No es en los hombres
mucho primor manos blandas.

DON
SOPLADO   Antes sí, que si se ofrece
bailar una contradanza,
es feliz preservativo
de ofender la de una dama.

DON
MÓNICO   ¡Perfecta frase!

DON
SOPLADO   Las ligas.

TARARIRA   Extienda usted bien la pata,
las apretaré a conciencia.

DON
SOPLADO   Pues ya que de eso te encargas,
hazlo con juicio y esmero,
y mas que otra cosa no hagas

bien en tu vida, porque
no puede haber mayor tacha
en un hombre de honor, ni
puede hacer mayor infamia,
que profanar un estrado
con las medias arrugadas.

DON
MODESTO	Extraño vuestro concepto,
pero más la tolerancia
del martirio que sufrís.

TARARIRA	Pues no es cosa tan extraña
el dar unas ligaduras
a quien el sentido falta.

DON
SOPLADO	A título de bufón,
dice cuanto le da gana.
El vestido.

TARARIRA	Ya está aquí.

DON
ZOILO	Muy marcial está y es grata
la horma, señor don Soplado.

TARARIRA	Y eso que hoy no está apretada
la cotilla.

DON
SOPLADO	Pero ved
qué pecho, qué airosa manga.

DON
ZOILO	El calzón es algo estrecho.

TARARIRA	¡La conciencia sí que es ancha!
(Aparte.)

DON
MÓNICO	Aquí lleváis una mota.

DON
SOPLADO	¿Mota yo? Si no mirara

a los señores... ¡Yo mota!
¡Voto a!... ¡Una mota!... ¡Ahí es nada
el defecto! ¿De qué sirve
a un hombre lo que trabaja
por mantener su opinión,
si en manos de esta canalla
va un hombre siempre vendido?

DON
MODESTO   ¡En una mota repara
          (Aparte.)
          por afuera y por adentro
          estará lleno de manchas!

DON
SOPLADO   El reloj.

TARARIRA Ahí va con todos
          sus cascabeles.

DON
SOPLADO   Las cajas.

TARARIRA Dos, tres, cuatro, cinco...

DON
SOPLADO   Espera,
          y los frasquitos alcanza;
          iré mojando pañuelos,
          no me vea en la desgracia
          del otro día.

TRES
AMIGOS   ¿Qué fue?

DON
SOPLADO   Varios pañuelos llevaba,
          rociados de las mejores
          y más exquisitas aguas,
          y se le antojó el olor
          de clavel a cierta dama;
          pidiómele y yo, que acaso

entonces no le llevaba,
discurrid cuál quedaría,
sorprendido, hecho una estatua,
corrido. Estos son los lances
en que los hombres atrasan
sus carreras, y es un caso
que en las historias no se halla;
por eso ahora siempre voy
hecho una botica.

DON MODESTO
Vaya,
que si así prosigues, pronto
en ti mismo habrás de usarla.

DON MÓNICO
En todo sois primoroso.
 (A DON SOPLADO.)
Don Modesto, esta enseñanza
habíais de tomar.

DON ZOLIO
¿Os dura
todavía aquella avara
propensión hacia los libros?

DON MODESTO
Y siempre con más constancia.
Ésas son las diversiones
sin riesgo.

DON MÓNICO
Vos, con tan rara
manía, os volveréis loco.

DON SOPLADO
Y sin alguna sustancia
ni especial utilidad.
Ved qué diferencia se halla
de vos a mí y qué distinto
concepto tienen las damas
de los dos: vos, estudiando,
ignoráis cómo agradarlas;

yo, con sólo presentarme,
las agrado y me idolatran,
de modo que unas con otras
por mis obsequios se arañan.

DON
MODESTO   Dichosos sois. ¡Ay de quien,
con la estrella más contraria,
vive inclinado a quien nunca
se enternece de sus ansias!

DON
SOPLADO   Vos tenéis la culpa, pues
os inclináis a beatas,
que tienen el dar la mano
a un hombre por grave falta
de su recato, por culpa
asomarse a una ventana
sin celosía. ¿Visitas
cuando madre no está en casa?
¡Jesús, y qué liviandad!
Eso es ser galán de marras.
Amigo, *marcialitate*;
menos amor y más maulas;
menos conceptos, más bulla;
menos decoro, más labia,
o meterte luego fraile,
porque dudo que halléis dama
tan boba, tan doña Elvira
y de tan poca crianza,
que por quereros de veras
ponga en opinión la fama
del buen gusto.

DON
MODESTO   ¿Y qué es buen gusto?

DON   Yo os lo diré: una fantasma

ZOILO   que como a los racionales
               entes les anima el alma,
               a los entes petimetres
               anima invisible para
               que se esfuercen a salir
               de las jerarquías bajas
               de su especie, hasta ocupar
               la sublime, y se señalan
               estos felices sujetos
               ya en la hechura de las cajas
               que llevan, ya en los relojes,
               ya en la conducción gallarda
               del aire, de la figura,
               ya en la guarnición extraña
               y colores del vestido;
               y finalmente, en la gracia
               inconcusa con que se hacen
               preferir de las muchachas.

DON   Eso es lo cierto; vos nunca
SOPLADO   me disputaréis la palma.
               El espadín.

DON   Mucho siento
MODESTO   tengamos tan encontradas
               opiniones; pero, amigos,
               esa es una faramalla
               de ociosidad peligrosa;
               y quien las mira con casta
               intención evitar debe,
               con razón cuerda y cristiana,
               el riesgo de que le engañen
               y el delito de engañarlas.

DON   Quien tenga dinero suelto

SOPLADO **(Mirándose al espejo.)**
dele medio real de plata
por la plática.

DON
MÓNICO ¿Y a dónde
vais desde aquí?

DON
SOPLADO Si tocaran
por ahí a misa, la oyera
primero; si no, haré varias
visitas hasta la una,
que entonces, aunque sea larga,
en el Buen Suceso, como
hay concurrencia tan varia,
está un hombre divertido.

DON
MÓNICO Vamos todos de reata
a presentar al amigo
a las hijas y madama
de don Simplicio.

DON
SOPLADO Es verdad;
y, amigo, hay una que canta
grandemente.

DON
ZOILO ¡Grandemente!...
(Burlándose.)
Al que viene de la Italia
hecho a oír aquellas orquestras,
que en la menor serenata
hay cuatrocientos violines,
ciento y dos trompas de caza,
cien oboes y ochenta bajos,
¿qué efecto queréis que le haga
una mujer?

DON Ser mujer

MODESTO   española la que canta.

TODOS   Vamos allá.

DON
SOPLADO   Tararira,
ponte al instante la capa
y llévalas esas flores.
  (Vanse.)

TARARIRA   Harase como lo manda;
pero antes es menester
lavarme también la cara
y rociar todos los trapos.
Vamos adentro, Panarra,
me ayudarás a vestir.

LACAYO   Yo me voy ahora a la plaza
por los postres.

TARARIRA   Es preciso
componernos, que en la casa
del tamborilero todos
saben danzar la pavana.

(Vanse, y cayendo otro telón de salón, que desfigure la primera escena, sale DOÑA TECLA, de petimetra.)

DOÑA
TECLA   Milagro es que me han dejado
sola este rato siquiera
para estudiar la tonada.
Voy ahora a ver qué tal suena
en el clave, porque aquí
sale mi padre, no sea
venga con alguna de
sus muchas impertinencias.

(Vase y sale DON SIMPLICIO, **en bata y gorro, los zapatos en chancleta, una media negra puesta y cosiendo la otra.)**

DON SIMPLICIO	Más que la de San Francisco
	es larga la tal carrera,
	y el punto está en que ha tres horas
	que el punto final no llega.
	Mas ya he perdido la aguja;
	voto a la..., que no hay paciencia
	para sufrir tanto y eso
	que yo la tengo tremenda.
	¡Juana!

(Sale DOÑA VERÓNICA, cosiendo una cinta a una venera.)

DOÑA VERÓNICA	¿Qué quieres a Juana?
DON SIMPLICIO	Que me componga esta media,
	que ya me canso.
DOÑA VERÓNICA	No puede,
	que está ocupada allá fuera
	con aquel mozo paisano
	que suele venir a verla
	y rabiará si la llaman.
DON SIMPLICIO	Pues, mujer, dame cualquiera
	aguja y proseguiré.
DOÑA	Por milagro hallé yo ésta.

VERÓNICA

DON
SIMPLICIO

¿Y qué es lo que estás cosiendo?

DOÑA
VERÓNICA

Una cinta a una venera
de un amigo.

DON
SIMPLICIO

¡Qué bonita!
(Acercándose.)
¡Hola! Esta parece nueva.

DOÑA
VERÓNICA

¡Qué lerdo eres! Más de cien
veces se la has visto puesta.

DON
SIMPLICIO

Soy hombre de vista gorda:
no riñas por eso. ¡Tecla!

(Sale DOÑA TECLA, **embelesada, leyendo un papel de
seguidillas.)**

DOÑA
TECLA

Es en glorias pasadas
(Leyendo.)
el pensamiento
unas veces verdugo
y otras consuelo.
Y en las futuras,
a veces esperanza,
y a veces duda.

DON
SIMPLICIO

¡Tómate, qué embelesada
sale estotra en su leyenda!
Tecla, ¿no oyes que te llamo?
(Recio.)

DOÑA
TECLA

No lo oigo. ¿Qué nos vocea
usted? Y será todo ello

al cabo una friolera.

| DON SIMPLICIO | ¡El agrado que tú gastas
con tu padre es cosa bella!
Cóseme esta carrerita. |

DON
SIMPLICIO

¡El agrado que tú gastas
con tu padre es cosa bella!
Cóseme esta carrerita.

DOÑA
TECLA

¡Tómate! ¿Y para eso eran
las voces? Estoy ahora
divertida en estas nuevas
seguidillas y no puedo.

DON
SIMPLICIO

¡Es razón que me hace fuerza!
Dame aguja y yo lo haré.

DOÑA
TECLA

Con mucho gusto, a tenerla;
pero ni aun sé dónde para
la almohadilla.

(Sale DOÑA PLÁCIDA **con un legajo de comedias en
la mano.)**

DOÑA
PLÁCIDA

¿Qué comedia
de éstas, madre, es la mejor?

DOÑA
VERÓNICA

A ver qué títulos. Ésta,
que tiene gran travesura
de lances y toda ella
es un arte de requiebros.
Ahí verás qué estratagemas
se aprenden para engañar
a un viejo padre que vela
el caro honor de sus hijas,
y luego, a pesar de rejas
y llaves, con qué primor
a sus padres se la pegan.

DON SIMPLICIO	No se le escapará nada, que la muchacha no es lerda. Es capaz de traer al retortero dos docenas. Plácida, dame una aguja para coser esta media.
DOÑA PLÁCIDA	¡Ay, padre, mal viene usted! ¿Yo aguja? Desde la feria pasada, que a don Pepito le puse una escarapela en el sombrero, no sé ni si las hay en la tienda.
DON SIMPLICIO	Este es el diablo, que quiere que yo pierda la paciencia; pues no ha de ser, aunque salga hoy a la calle en calcetas.
DOÑA TECLA	Oyes, Plácida, repara **(Aparte.)** qué dada está a la tarea madre.
DOÑA PLÁCIDA	¡Tómate! ¡No es cosa! Todo su talento emplea en rizar aquella cinta.
DOÑA TECLA	¡Bien le merece la pena!
DOÑA VERÓNICA	¡Si voy yo a las habladoras!...
DOÑA PLÁCIDA	Señora, son cosas nuestras.
DON SIMPLICIO	Déjalas que hablen, mujer. Chicas, ¿tengo yo otras medias?

DOÑA
TECLA
Mire usted si la criada
las tiene acaso compuestas.
¡Juana!

(Sale la CRIADA.**)**

CRIADA
¡Qué Juana, señores!
¡No estamos con mala flema
y nadie ha oído misa en casa!

DON
SIMPLICIO
¿Pues qué? ¿Es hoy día de fiesta?

DOÑA
VERÓNICA
Despacha y ve tú primero,
que sobrado tiempo queda.

DOÑA
TECLA
A la una aquí en la parroquia
hay misa, pero es eterna.
(Llaman.)

CRIADA
Voy a echarme la basquiña
y a ver quién llama a la puerta.
(Vase.)

(Sale TARARIRA.**)**

TARARIRA
Señoras, bésoos los pies.
A traer esta primavera
vengo de parte de mi amo.

DOÑA
VERÓNICA
Señor Tararira, ¿era
hora de vernos?

TARARIRA
Pues ¿cuándo

Tararira no está en esta
casa, si no en realidad,
in mente?

DOÑA
TECLA

Grandes fachendas
tiene vuestro amo.

(Salen los cuatro caballeros y DON SOPLADO delante.)

DON
SOPLADO

¡Dichoso
quien a tan buen tiempo llega
que oyó en tus labios su nombre!
¡Y dirán que el leer comedias
(Aparte.)
no es útil! Este concepto
a fe si viene a la letra.

LOS
CUATRO

Señoras, a vuestros pies.

LAS
DAMAS

Señores, a la obediencia.

DOÑA
VERÓNICA

Tecla fue la que os nombró.

DOÑA
TECLA

Pues no la creáis fineza,
que nos tenéis enfadadas.

DOÑA
VERÓNICA

Muy tonta eres en dar quejas
a nadie, que el que quisiere
venir ahí tiene la puerta,
pero nunca echamos menos
al que no viene.

DON

(Aparte.)

MODESTO   Embustera,
           que a todos dice lo propio,
           y es envidia manifiesta
           a aquellas casas adonde
           son norias las escaleras,
           y arcaduces los galanes,
           que unos salen y otros entran.

DON   Señoras, ustedes digan
SOPLADO   lo que gusten; pero vean
           si es suficiente disculpa
           de tardar hoy la asistencia
           a este amigo, que ayer vino
           de París.

DON   Con buena estrella,
ZOILO   pues no bien pisé del puerto
           las suspiradas arenas,
           cuando mi dicha al alcázar
           de las tres gracias me lleva.

DOÑA   Vos seáis muy bien venido,
VERÓNICA   que ya habéis dado la muestra
           de vuestro mérito.

LAS   DOS Ved
NIÑAS   si hay en qué serviros pueda
           esta casa.

TARARIRA   Esto se llama
           mueble nuevo.

DON   Aunque no es ésta
MÓNICO   mi casa, con el favor
           que sus dueños me dispensan,
           en ella y en mi posada
           podéis mandar.

DON
SIMPLICIO   Mis ofertas,
caballero, valen poco
en esta casa, pues de ella
sólo sé que soy el dueño
cuando el casero me llega
a pedir el alquiler;
pero al fin, propia o ajena,
la ofrezco, *sub conditione*
que mi mujer lo consienta.

DON
SOPLADO   ¿Qué hacéis, señor don Simplicio?

DON
SIMPLICIO   En coser esta carrera
me divertía y perdí
la aguja.

DOÑA
VERÓNICA   Pues tomad ésta...

DON
SIMPLICIO   Dios te lo pague.

DOÑA
VERÓNICA   Que yo
ya acabé esta friolera.

DON
MÓNICO   Ya conozco esa alhajita.
¿Y a dónde está el dueño de ella?

DOÑA
VERÓNICA   Fuera de Madrid.

DON
MÓNICO   ¿Pues cómo
ha conseguido licencia?

DOÑA
PLÁCIDA   Ha de volver esta tarde
y salió a las ocho y media
esta mañana.

DOÑA
VERÓNICA   Si no,

seguro está que saliera.

DOÑA TECLA	Madre, mire usted que es tarde.

DOÑA VERÓNICA

De recibiros de priesa
y en esta pieza de paso,
por hoy la disculpa sea
el que no hemos oído misa.

DON SOPLADO

¡Jesús, y qué arco de iglesia!
Del mismo color estamos
los tres; pero a bien que cerca
la tenemos a la una.

DOÑA PLÁCIDA

Apenas tiempo nos queda
de ponernos las basquiñas.

DON SOPLADO

Veréis cómo se remedian
tan grandes inconvenientes.
(Vase.)

DOÑA PLÁCIDA

Venga usté aquí, Juan enreda,
¿qué va usté a hacer?

DON SOPLADO

Al instante
(Dentro.)
voy allá con la respuesta.

DON SIMPLICIO

El tal don Soplado es
muchacho de gran viveza.

(Sale la CRIADA**, de mantilla, con el** MAJO **y tocan dentro.)**

CRIADA

Señores, el primer toque;
no hay que descuidarse.

DOÑA PLÁCIDA	¡Ah, perra! ¡Qué bravamente has pelado la pava!
CRIADA	Su horita y media; desquítense luego ustedes.
MAJO	Vaya, dos horas de arenga, verás qué breve te dejo.
CRIADA	Vaya, hijo, no te enfurezcas, que esto está acabado.
DOÑA VERÓNICA	Digo, **(Al MAJO.)** venga usted con su vihuela esta noche, que ser puede que algunas amigas vengan y se baile un rato.
MAJO	Bien, se hará como usté lo ordena. Vamos, chica. ¡Brava loca es tu ama!
CRIADA	Se la lleva el diablo cuando a las hijas o a mí alguno nos festeja.
MAJO	¡Mujer extraña!
CRIADA	No tal, que hay otras muchas como ella.

(Vanse los dos, y sale DON SOPLADO con tres basquiñas y tres mantillas.)

DON
SOPLADO
Caballeros, cada uno
le sirva de camarera
a una señora y así
despacharemos apriesa.

DON
MÓNICO
Venga aquí la de madama.

DOÑA
VERÓNICA
Esta es.

DON
ZOILO
Ya que me franquea
la suerte casualidad
tan feliz, delito fuera
no lograrla.

DOÑA
TECLA
Me conformo,
que aquí no somos de aquellas
que lo mismo que apetecen,
fingen que lo menosprecian.

DON
SIMPLICIO
¿Qué basquiña llevas, hija?

DOÑA
VERÓNICA
¿Qué, necesitas tú verla?
¡Afuera, que hace calor!
Los parientes, una legua.

DOÑA
PLÁCIDA
¿Qué milagro es que os dignáis
(A DON MÓNICO.)
hacer tan grande fineza
conmigo? Ved que mi madre
quizá formará una queja
de este obsequio, que tan mal
en servirme a mí se emplea.

DON
SOPLADO
Señorita, un hombre solo
para tantas incumbencias
es poco y es fuerza que obre

en algunas con tibieza.

DOÑA VERÓNICA Don Soplado, una palabra:
¡bravamente se aprovechan
los instantes!

DON SOPLADO ¿Ignoráis
que a Dios hemos de dar cuenta
de los instantes ociosos?

DON MODESTO ¡Y qué bien que los emplea!

DOÑA VERÓNICA ¿Qué sujeto es este abate?
¿De aquellos que se adocenan
en la estimación?

DON SOPLADO Señora,
vos le hacéis una tremenda
injusticia. Este sujeto
ha ido a estudiar las ciencias
a las cortes. Trae secretos
para disimular pecas
del rostro, limpiar blondinas,
quitar manchas, lavar medias
y otros grandes intereses
de la nación.

DON MÓNICO (Quieto.)
La pulsera,
que se le ha caído a madama.

DON SOPLADO Perdonad la inadvertencia.

TARARIRA Don Modesto, ¿cómo ahora,
sobre llevarse la prenda,
no se tiran los galanes?

DON MODESTO	La culpa tienen aquellas que han puesto en tan bajo precio los favores, que cualquiera puede haberlos, y las cosas se estiman conforme cuestan.
DOÑA TECLA	Señor abate, mil gracias.
DON ZOILO	Mandad cuanto se os ofrezca que, aunque soy abate, no soy inclinado a la iglesia.

(Tocan dentro.)

DON SIMPLICIO	Hijas, el segundo toque.
DOÑA VERÓNICA	¿Quién la mantilla me echa?
DOÑA TECLA	¿Quién me tira esta basquiña?
DOÑA PLÁCIDA	¿Quién un rosario me presta, que no sé dónde está el mío?
DON SOPLADO	Ahora un libro cualquiera es más moda que el rosario.
DOÑA PLÁCIDA	No tengo.
DON ZOILO	Para una urgencia la *Guía de forasteros* basta. **(Dásela.)**
DOÑA	**(A DON SIMPLICIO.)**

VERÓNICA Tú en casa te quedas
          y, si tarda la criada,
          echa al puchero la especia
          y di a quien venga que espere,
          que a la misa de una y media
          o de las dos puedes ir.

DON   Voy a ponerme las medias
SIMPLICIO y a obedecerte.

TARARIRA ¿Podrá
          ser verdad esta comedia?

DON   **(Aparte.)**
MODESTO   Yo no lo sé. Lo que es cierto
          que va la critica a tientas;
          el cogido calle y diga
          el que no: ¡ande la rueda!

(Vanse los petimetres agarrados de las manos de las damas; detrás, burlándose, DON MODESTO y TARARIRA; DON SIMPLICIO por el otro lado, y se da fin.)